在時間裡，散步

walk

每天都在
膨脹

Rising Everyday
and other poems

鯨向海
Jing Xiang-hai

——相對於一夜長大，有人是每天都在膨脹……

你不能給人家點火又吹熄他，
這樣他比完全的黑暗還痛苦。

有一種平常人

我想起有病患跟我討論過離開精神病院之後，如何回歸社會的問題。我當時建議他，不用太擔心那些無法控制的「異常」，也無須努力想達到別人眼中的「正常」，只要能保持自己的「平常」，就很好了。

這是眾人忙著鍛鍊身體，抗暖化之際；或許你也聽過另外一種相反的理論說，我們的地球，即將進入小冰河期（Little Ice Age）……沛然莫之能禦的資訊混亂，乃此斷代的特色。有一種平常人，是坦然接受這些，他們不慌也不忙，做著各種忍辱負重的夢，大概是紀德說的：「別人比成功，我願比持久。」——他們顯然超懂他在說什麼（咦）——也不意外我們很有事的世界，終將真的有事。

有一種平常人，把詩看得很平常，不需要詩歌節或文學獎。環保地認為所謂詩意，不一定寫下來讓別人知曉；像是明白自己不是名模也不是小鮮肉，羞於在網路上炫耀展示。他們不全然相信超級食物或迷戀上健身房，甚至不確定自己是不是健全的。因為甘於平常，也甘於體脂肪，難免大家都是不得已的胖子。孤獨死的同溫層瀰漫擴散，他們依賴著虛無縹緲的「健康的幻覺」，用以抵禦日漸頹萎的肉身……當中有人或試著減速，或減塑，更勉力不落入燒炭的境地（所謂減碳）。

有一種久坐厭世的寫詩者，大部分時候只是個平常人（子彈與內褲都破爛不堪）。當他們終於遇到不得不挺身表態的膨脹時刻，那無視全宇宙之邪惡的少女心啊（這個娘們卻老是偽裝成爺們的世界），海嘯般幻想的病痛，亦會有以詩犯禁的金剛威武吧。他們固然無明顯的「肌肉」（諸如武器，權力或者財富還是外貌等等），在物質上也許是弱勢的，困窘的——卻不乏堅強顯赫的靈魂。

他們略微病態的遐思是這樣健康，充滿活力，鎮日泉湧，所以可源源不絕……化身擴張成各種人：爆料者，愛演者，嚎叫者，受死者等等。他們沉湎其中而不淪落，自以為犯禁，而不失敬（失禁）。以為養生防老之道，是隨波不逐流，專注於吃好睡好愛好，任性而隱形。縱使練不出主流肌肉，有什麼卻不斷膨脹，默默對抗小確幸：「對不起我不是故意這麼大的，請原諒……」。他知道這樣想很蠢，夜深人靜時，偷偷重讀那些衰小詩句，血氣奔騰像一個帝王在清點自己的大好江山——不然還能怎樣呢——這是平常，他的平常。

當生活如詩一樣，什麼都沒說，只持續將我們磨損……這本詩集是要獻給一種平常人，蜷曲於複雜人間，彷彿無聲無息簡單度日，卻極可能是犯禁的前衛者。他們乍看是失去A夢的大雄，沒有犄角的通緝犯，在自己的小冰河期躲藏遮掩多年，其實每天都在膨脹（跟這個宇宙一樣）——已哭的暖男大叔啊，終於學會笑了，並非這個宛如精神病院的現實人生能夠禁錮。

有一種平常人

有事（你我都是不得已的胖子）

的人（子彈與內褲俱已破爛不堪）

犯禁（並非肌肉可以衡量）

少女（疏通著全宇宙的邪惡）

已哭（但我們都學會笑了）

有事

（你我都是不得已的胖子）

閃閃發光之青春　猶有瓜葛的黃昏
金桔般的山　帶電の雲　取直截彎　坦誠的兄弟

滂沱熟透的夏雨　少數妖怪之共鳴
真摯底眼神　日夜鍛鍊　世界唯一　未完的作品

柔潤無瑕秋色中　果汁湧動的聲音
落葉的庇護　排列街景　壯闊巧遇　久遠的契合啊

沒有消息的冬晚　未知病況的流感
親吻此刻鐘　大雪紛紛　溫暖胸肌　如此地動情

表態

大家都忙著對表態這件事表態的時候
有人還是可以繼續對沉默保持沉默嗎？
逼那些沉默的人表態
就像是要那些表態的人閉嘴一樣——
那麼，如何在沉默之中表態呢
怎樣用表態的方式沉默呢
最可疑的是當那些一向超愛表態的人突然沉默了
那些習慣沉默的人都紛紛表態了

世界一定就怎麼了

夏至

相遇是這樣
一種稀有金屬
忽然燦爛
硬起來的質地
閃光不能稍止
是你以浪花之眼
將我鍛鍊成礁岩——
原以為
注定從此一輩子
被蓋布袋的
幽暗絕望之前
一陣從十九層地獄趕來的
深情的感覺

超展開的窗簾
被眺望的永恆
別捻熄這座海——
彷彿夏天的那個
最長的時候
快往窗外看啊
從今以後都只會更短了

相對的胖子

個人多肉的善良
以及發福的癡情
可能是社會畏懼之病態
文明不肯接受的腐壞
往往是更肥沃的自我

相對於日月星辰的空幻
相對更渺茫的峰頂絕景
雨水和霧的甜頭
卡在靈魂與脂肪之間
你我都是不得已的胖子

在夜夜拖磨的刀尖之上
在突然暴瘦的死亡之前

你我都是瞬間的胖子
（無論怎樣的辛酸往事
轉眼皆熱量過剩了）

相對於寂寞裡奔馳的猛士
我們只有原地盜汗的油膩感
相對於蜷縮戰爭底的瞌睡者
看似沒有臃腫的臃腫
卻正對我們撲面而來

風吹得那麼瘦
公理與正義都更瘦了
覆蓋在黑暗上面的白布
何時被掀開——
你我都是相對的胖子

雪後

初老
總是一覽無遺的樣子

保持
神秘穹頂
彩繪玻璃
需要
多少瓶瓶罐罐？

歪樓的預感
顯示為骨質疏鬆
被世界遺忘
在一座孤獨的冰山上
雪後難行也是有的

總有情濃的
血氣故事，循環
良好著
某些片刻的自我
對春天的野菜
特別感到赤誠
也是有的

鏡前
枯藤朽樹
如露亦如電
帶著慈悲
便會一再重新
發現
對方的美——

老得這樣好看
（忘路之遠近）
何須回返

清晨不知

清晨不知如何是好
似有真氣亂竄
篝火熊熊玄冥之夢
還在邪惡地
吻著

站在消波塊那樣感覺
從浮游生物
化為人形
遠洋漸漸隱逝

床單也漩渦
微波爐也憤怒
粉狀沖泡物的疙瘩
也含淚頓悟

昨夜渡輪上
天各一方
徐徐擦過之一弓
滿口虛謊

今日硬碟運轉緩慢

遂有了回到古代
等待夕暮漸斜的悠然
反正什麼也不能做
索性便傾心於你的折磨

重新用夢
發現蜷曲於額角暗處的秘密
孤獨微波多年
以為不再記得他們名字

並非因為比較疏於相互按讚
就代表我們愛的光影
掩映動盪比別人少了

唯有可以信賴的人
值得擁有那些神廟與古堡的鑰匙
值得限時專送內容空白的信
值得在高速開車途中突然緊閉雙眼

別忘了優雅參加葬禮
何時才能像你那樣致哀
對鏡輕聲說出弔唁的話
慘絕的青春戰後
再來全是斷垣折戟

是什麼阻止
天使再次流動
有些作品
從來不急著揮發

儘管可以靜置
沉澱
至最終末日

儘管傾心於從今而後
硬碟運轉
越來越緩慢

夢見一起到荒島上去

——給學妹的一個建議。

於是便夢見一起到荒島上去
據說只能攜帶三樣東西
某些怨念就不能保存了
某些愛與擁抱，真的，也太重了
此刻無論免洗內褲，小熊維尼
特大號霜淇淋
都有讓我們當場落淚的感動
雖然曇花一現的冬季限定便當
情婦的身份，品管不良的劣質神燈
未必不美好
此生的多功能
眼看就要一閃而逝

在只能攜帶三樣東西的荒島上
什麼都可以是純潔的
無聊想像的電幻光線，神秘的痣
不知名動物糞便等等
連失戀也是，死亡也是
所以學妹，當心底大雪，有數千航班因而取消
你遠不止如此我們遠不止如此
不如夢見一起到荒島上去

遺族

留下來的
都是遺族
完全靜止
長出青苔
令人尷尬

繞圈疾走
燃成火炬
淚如雨下
再回不到
失事現場

監禁毆打
化膿破裂
間隙不容
活下來的
全是遺族

日出刀尖
日落垂懸
血流不止
追憶如注
不敢去死

遺書

——每個自殺者，都是被自殺的。

相思的生靈塗炭是極黑
童軍繩的位置是極佳
刀尖上的氣息也頗溫暖
藥力漂浮著，天色快要亮
它不知曉它所帶來的冰涼
絕望的拍門聲
胸口曾經試圖插入鑰匙旋轉
鏡子裡角度剛好，微笑著
把戰爭全部結束
使你不再是我的惡魔
逼自己成為他們的天使
花都盛放了，遠處奏著管弦

做好夢的人群究竟無法理解吧
某種平靜慢慢被燒得通紅而終於作響
但願有人開始懂得同情
我此生最後一個念頭

老狗

1

小時候覺得
陽光的慷慨
是無限的
不覺得
弄壞玩具的次數
是有限的
那些超短的夏天
一生能舔吻的配額
彷彿皆用盡了
都是因為有人
曾讓你誤以為愛
沒有極限

2

你無法再等
任何主人了
搖尾和狂吠都疲憊了
毛髮脫落，渾身臭味
世界即將出現新的寵物
回首黃昏衰色
幻想還慵懶在床上
依然裝可愛得像來亂的一樣
卻已沒有親切之喝斥
打屁股的溫柔手

3

蚊蠅飛著，傷口紅腫
閉上眼睛
你是睡了，仍忍不住
流下眼淚
追悔昔日遊樂園
深擁過的那位小男孩
一夜一夜
好不容易又夢見
那誠懇愛憐之一瞥——
卻只是又被
拋棄了一次

有一種平常人

有一種平常人
比明星還耀眼
他們因為完全
不知自己的閃爍
而閃爍著

有一種平常人
並不擅長自傷
他們未嘗不明白
就算自殺了
也不會使一切
變得與眾不同

無論地震海嘯核爆末日
皆阻止不了
他們的平常
所以必須更努力地致敬
更庸碌地抄襲——

呃。每一個平常人
在最初
都曾是被喜歡過
被殷切期盼
不平凡的孩子

按讚學

按讚也是要趁早的呀
來得太晚的話
快樂也不那麼痛快了

然而一直以來都是
天涯與海角互按
讚！
其實無法消滅孤獨

按了太多
大家皆疲憊了
讚都不讚了

想到臉書上相親相愛按讚的
與人潮中看你不順眼罵幹的
可能都是同一人

有些事情
像是詩
永遠只會得到比較少的讚

越是空無一物的
暗黑時代
越難抵擋
壯觀的集體按讚
彷彿流星雨……

墜毀之後
誰還記得
發生了什麼？

還好
你的每個讚都按得好深
按得好特別
按在別人按不到的地方

雲端漫遊

有那樣一分鐘
此世界的風景
只有你按了讚，只有我說了算
讓我們享受，這寧靜的片刻：
明明很胖卻靜靜瘦著
這樣老依然那麼年輕
自拍，需要對自己
同情地赦免——
因為下一瞬間，所有的人
就要湧進來了

有事

——金聖嘆：「我亦不知其然，然而於我心則誠不能自已也。」

努力假裝健康
掩飾那些病
於是顯得很有事

停停歇歇
縱使前途遍布火山口跟地雷
也要堅定地
手甩絲巾
在夢土上奔跑

不想承認的
毛茸茸的善良

晚秋之田疇
黝黑的肌骨
蘆花和水鳥的盤旋
啊啊
愛與傷之失衡

多年後再見到
第一句話是：
「你怎麼變這樣？」

轟轟的坦克
吻著自我的泥濘
一再捲土重來
一再被輾斃

黑雲一艘接一艘
（也還在懸崖上啊
那些萬念俱灰的深夜
遙憶冬日小火爐之事）
以為拼命鍛鍊
像是火冒出煙來
我們終會快樂……

每個早晨忍不住
一再惺忪，對著鏡頭
露出肚臍
（不是風
是脂肪在動）

「你怎麼變這樣？」

感覺很有事的片刻
於是歌詠人生

的

人

（子彈與內褲俱已破爛不堪）

連我自己也不復遇見往昔那個寫詩的我了
寫下這首詩的那位陌生人
因趨附了我的肉身而奇異的手指
烈焰風帆，破壞力的航行
在一個時間的激流處衝出極限
正是一種詩意
趁了永恆之危——
我的詩何其慶幸
遭逢你雷擊般的侵襲
啊，天佑陌生人！

辨識者：有人終將指認

理髮師會認得自己剪斷的頭髮嗎
松鼠會認得自己抱過的松果嗎

木耳也能辨識出幽谷底的嘆息……
也有專門辨識公主之吻的青蛙。呃

聞過同一陣花香而相識的你
畢竟交臂了
認出彼此潮濕而發現淋過同一場大雨的他

某些火山口需要分辨才知
誰正在害羞
從沒被理解的善意被指認一次
就成為畢生最輝煌的寶石

氤氳深處
隱約坐在那邊
以青春明朗之血氣
跟世界發生所有關係
被辨識出來或不被辨識都很有事

同樣讚頌過這首詩的鐵漢
會辨識出對方的柔情嗎

是淚水辨識出前世的仇恨
所以這輩子用愛相認嗎

耗盡萬古長夜——
還是誤闖星空
不可一世的

黑洞洞之心？
僅僅
為了等待
有人終將指認我們

失眠者：床上的暗礁

月光下刻意的海水淡化
躺在床上的暗礁
若有似無
每日的洗洗睡
輪到脫褲
不准哭

夜夜的孤寂險峻
不知何時投降
所有人都降了
連白旗本身都降了
終究不願
向這世界繳械——
愛好和平而不得不
成為暴民

短短一生
彷彿吃了炸藥
雷池潰決過
花火洞燒過
沿途拼命路過
只為了不斷
不斷把戰線拉到最長——

雲狂雨驟之間
被閃電
紋身的鳥
勳章是堅挺的
烙印於至深處
不肯被那些風聲
擊落

受傷的角
懸在半空
天色又亮了

這天
失眠者依然有夢
然後呢——
落日和旭日
是兩顆眼睛
從不能休息

豔遇者：婆羅洲的回憶

服務生將繼續
日復一日
清理這旅館
我睡過的床
離去之後
被那個擁抱
震驚的蜥蜴
被那一吻誤觸的
蛛網
又恢復了他們的自在
儘管曾試著
融入山神的洞穴裡
假裝無事的狐蝠
並不知
如此的雲霧

竟不能有一刻停止奔湧——
每一次
（縱然那種微笑
從來也不是只對著我的）
夢醒盡頭的瀑布啊
我就這樣記住
一輩子
像被豢養已久的鸚鵡
老是因為窗外一陣微風
而懷念起
整座暴動的熱帶雨林

爆料者：點燃自己

一個爆料的人
今夜要用火星塞
點燃自己
儘管受困拳頭似的雨中
無畏被雷打到之風格

油門悲催到底
每顆引擎都在暴衝
笑著集氣，哭著放大絕
總之底線很多
彈藥忍住

以為驅動整座銀河系的閃光
就可以跟最羞憤的
那個黑洞重逢

以為把雲與霧攤開
就可以從被硬凹的地獄裡
重新彈出來

縱然魂飛魄散
心是一架最勇敢的
不明飛行物體啊
終究是愛的爆料，使外星人的手指
成為可能

今夜
以後的每一夜
無數火星
紀念著：
一個為了回答公理正義
不惜徹底爆掉的人

人生抵達峰頂之後
恰似一灘雪泥
爛著

不在乎那些演唱會
也不參與那些煙火
看似孤獨，宿命
其實偶然
勞動地閃爍著：
星空的革命並不下
於凡間

純情的庇護
仍不堪防禦日常指爪
別人算計的東西

飛鴻者：
當你又靜定於我
胸前理毛

總比我們耀眼
當你又靜定於我胸前理毛
雨跟霧一起茫茫崩落的世界啊

到處使我們想推翻的一切
也會終結你我的叛亂

吉光最偶然的
片羽寧謦
不過就是大家都在夜色裡
藏得很好

所以絕不任意攀折踐踏——
「我愛你」一旦開口
我們的恨
將被看輕

饕餮者：忍不住落淚時

母親總說：一生能開伙的次數
是有限的
他了解小籠包渴望衣不蔽體
明白滷豬腳湯汁依然可掬
卻不希望我去海邊啤酒肚
也不要我在野地上鬆餅

麻糬般蜷縮的假日午後
母親有時簡直女巫
盯著我的臉表示：「你胖了……」
幽幽予致命一擊

母親往往講得油飛煙散
青菜蘿蔔
又糟了一個糕

但他不可能不知情：
我握壽司的手也曾
打了蘋果派的槍

老愛叮嚀：
所有挫折都不會是最後一個
（除了死，我們最後的佛跳牆）
兒子啊有些人只被炸一次
便雞排了一輩子
母親總是令人震驚

母親知道我不會永遠那麼幸運
那些炭烤都是一致的
血色寧靜
追求泡麵跟追求炒飯

卻是不同熱情
那種集體蚵仔煎的優雅
後悔經常也是突然發生的事
冷掉的貢丸湯啊
還好兒子你現在應該是在遼闊的大海之上

母親預言：有一天有人將坐香蕉船去找你
彈珠汽水似的笑
互相浪蕩著
到時如果不喜歡棗泥
便喜歡蓮蓉吧
可惜母親不明白——
我是熱鍋巧遇小鮮肉
只要一匙橄欖油微火爆香蒜末
忽然就理直氣壯了啊

身處動不動淋上蜂蜜的黃金聖代
脂肪低調奢華，甜筒險峻矗立
感謝那顆星
像母親
童年偷偷塞給我的糖果
陪伴我無數夜晚
旁逸淡出

一生能開伙的次數
是有限的
最艱難的片刻，才漸漸懂了
（一尾龍蝦
從涼拌沙拉的夢中跳醒）
但願人生真如母親所說：
哎呀，忍不住落淚時
就喝杯木瓜牛奶

愛演者：我們怎能孤獨

穿越折戟與落葉
千里之外
暗戀的氣味
四散而去
感覺我們也到了
那種年紀
沙漏開始
反轉
然而我們不可抽筋

透過夢，透過冰箱與極光
那些轉貼與讚
並不是真的打擊了誰
帶著躊躇之性質

風吹曠野般
身邊的人紛紛
開始多病
然而我們怎能孤獨

是有些人
把倒垃圾當作生命中
最神聖的事情
或把深夜的泡麵
化作永遠的鄉愁
然而他們沒有矯情

那種吻別
是青春和小鳥之別
還是恨鐵不成

只好啤酒肚之別呢
我們是有多愛
兵不血刃的
小確幸

還記得當歲月
風漬書一般回頭
很多內心戲
動不動就譬如：
「這是一輩子
不會再有的星期六夜晚了」
隔著火鍋
像是霧中風景
我們是有多愛

無由恐怖
無量之美
而今全都共組一鳥籠
斂翅
於柴米油鹽之間
終於我們也沒有辜負

海嘯患者：無垠的暗示

1

人間
深似
一天的地獄
潮浪
未知的
海嘯患者
與幻想的
病痛
在沙灘上
嬉戲

2

一望無垠的暗示中
千碼之外的夢魘
是一塊強壯的方糖
(純淨，特甜
非常容易犯罪)
從高處墮落
島嶼盡處，斷代的杯底
炙鬱且苦
努力融入漩渦
化作洪流

3

前方厭倦的懸崖
險渡每一夜的慾望
橫流
四方疾苦
是否有所回應

當煙火開始上升
所有星星安靜下來——

浪得虛名者
也實在是
浩浩蕩蕩了些

4

海龍王的浪
也有千百種叫聲吧
暗礁傷痕累累
荷爾蒙滿到喉結
意外逼出了原形：
冬日清晨的大海
他孤獨
蒸騰的澡堂

5

身體髮膚拼湊一隻筏
黃昏揚長而去
太空開始沉沒
雄心壯志
就算已在海平面底下
深夜
又聽見一男子在街心
歇斯底里大喊：
「你到底有沒有愛我啊……」

如果你真有才華——
衰頹的髮線和崩壞的肚臍
都會原諒你

繼承者：那些山頭就要落雪

（天涼了，再不久
那些山頭就要落雪
到時便是
冬日的詩了）

約莫是某個豔陽天吧
泳裝明明
甜美微涼
卻有突然發生的沉船

接著喝口咖啡，再談談
這些年來暴雨中
不得已的支撐
意外成為戰士

沒禮貌的繼承者說
更喜歡你年輕時的模樣
你且掩映你自己的
不跟他們爭辯了

無論是怎樣
窘迫的靈感
最後都得學會
直面星空

執戈雄偉的間隙
儘管讓他們
誤會你的平原
錯過你的縱谷——

來自遠洋的波浪前
本無需炫富
更不用告解

微善到巨惡都如流
何必阻擋
彼此源源不絕的暗湧
最底下總有一些真愛吧

沒禮貌的繼承者
把文明沖入馬桶後
卻無語了

你也不去抵禦
那些海嘯般的故意——

不久之後
所有的山頭就要
一一落雪了

亂世者：星星無法修復的

這亂世公民
信仰
離地幾寸

穿破汗衫
祈求被垂顧的人們
以躲避命運之雷擊
共同的姿勢
匍匐於一片漆黑底獄

這不能快轉的
夢想啊
讓我們每一秒皆體會
都徹底——

誰不是
這樣笑過，愛過
無論摘掉頭的蝦子
抑或剖去內臟的魚……

崖壁懸枝
星星無法修復的
夜
刀尖上努力
假裝
這是靜好的
誰不是
不得不抓緊——

連最後一點
無辜
都可能失去

屎尿者：追憶似沱年華

收訊不良
管路賁張的半暝三更
用龐然意志抵抗著
所有人
夢中不斷尋找廁所，慚愧不禁
覺得世界
充滿屎尿味

唯獨
你是樂於替他
珍惜每張衛生紙的
甚至不惜幫他蹲馬桶
你幻想攥緊他的膀胱很久了
多想忍下他
每一泉湧之滲透啊你

候住脫去內褲的
不便之秘
追憶似沱年華
防汛走光。抓漏感傷
神隱少女於
那個會悄悄變成豬哥的結界——
終究你不能
照他的潔癖來排泄他

相接的流聲
搓圓一夜的夢露水
洶湧的情緒
清澈在分分秒秒之無絕期中
總有一滴
曾是相愛的吧
如此你便願意去死

以上。
是說夢中廁所
千萬別真的去上——
一旦羞恥之姿醒來
整座早晨將以巨大的沉默掩捂
因為你真的
充滿屎尿味

嚎叫者：永不抵達的暗湧

我們需要更獨厚的關注
我們再也找不到任何一種方式
證明自己真的很特別

反覆點進去
皆顯示無效的畫面
那些連結
已經無法連結我們

關於對一個永遠消逝的世界的懷舊
以及對彼此盟誓的
最後測試
終於都成了
一望無際時代的
海漂垃圾……

很廉價地
把自己的臉孔（或詩句）貼出來
奢侈地
等候別人按讚（或者不按）
說好了不悲催
還是感到淡淡哀傷
（至於
那永不抵達的暗湧
就是永不抵達的信
又是不得不信的）

每一天皆不知不覺
然而每一天皆像是關鍵
在這座很失控地
以為自己

不可能失控的孤島
我們失去的落日
都將嚎叫出來

傳訊者：微暗遠景

微暗遠景
關不掉的東窗事發
那個人還在透過各種方式
不斷傳訊給我

那種鋒利無遮
猶如穿牆太多次
子彈與內褲俱已破爛不堪

彷彿所夢之處全是漏洞
背脊也莫名透風
甚至連馬桶正中央……
喂⋯喂⋯（（喂⋯喂））
或掩面疾走
或不怒反笑

總之一種拜託
別再靠過來的感覺

黃昏漸沓蚊蟲四起
古銅色肌理不再
當飛星或青苔都偷偷被掩去
金剛和戰士們皆毀壞的時刻——

那個人就是多年後
老去且悔恨的我自己。

按摩者：飛掠冥王星

——致最寂寞的趴體

滾來滾去
廢棄物之人生
要多僥倖
活到今日

躲過地震海嘯
重生於你的
指觸底下

山脈又堅挺了
雲霧再度鬆弛
心中的住持大聲
誦唱

據說
有些人只值得
你吊嘎的微笑
有些人
更值得你內褲的汗水……

按捺不住當下
我們卻也皆不知
未來如何

你的手勁
我的肌理
碰巧相逢
於這聲色城市裡的
純樸小店

如新視野號探測器
蒼茫地
飛掠冥王星
不需要問彼此
是否願意

有為者：最絕望的旅途中

天色涼薄的感情
很久沒有落淚了
活成省電的鬼屋
有為者亦弱勢

每每就在以為什麼
都沒發生之際
褲頭的第一顆鈕釦
又迸開了

(躊躇滿志時的圓規
誰不是皆畫得很圓？)

那種於美妙之齡
饅頭夾蛋似的慾念

黃昏裡蒸騰著
那樣埋伏在
最絕望的旅途中的
一個吻
(乃至於雲淡風清的
一聲屁……)

終使人明白：
讀萬卷書
不如吃萬巒的豬腳

所有的人都掰掰之後
寂寞被迫留下來
不得不熱愛的家徒四壁
那樣鬆弛而悠長的靜好歲月

那些還在等待加新好友的誰啊
下一刻按讚的
就是我們的死神

生日者：
虛偽了全世界的派對

幽雲怪雨的
躺了一個小時
睡不著，起來拉筋
傾倒出來的願望
比奶油更軟弱
比垂蠟更不朽
（輕點啊。兄弟。慢點……）
到處都是傷口與藥瓶
蜜汁浸淫
瓊漿中
呈現膿血的悲哀
遠方的武器
從未停止擴張
火光閃閃
虛偽了全世界的派對

當人們大聲說：

「生日快樂！」

而幹

我居然便這樣哭了

不朽者：
歲月的閃光
所不能掠美

你想睡覺的樣子
是一座貪小便宜的
黃昏市場
明明愛睏了
卻是
最豔麗的時刻

不及兌換的吻
寂寞又湍急起來
（這段旅程是如此
寧可一個擁抱都不中
也不肯虧欠
任何一滴）
年華已逝，大勢已去
眼淚依舊必須向前

放下曾經在天使胸口
碎掉的大石
魔鬼毛茸茸的深處
竟是星空閃爍
（把你
誘進詩裡
就再不會失去你了）

我們的富有
是一無所求的
那種赤裸
甚至是歲月的閃光
所不能掠美——
愛人啊
你雖令我腐爛
我卻將使你不朽

發條者：反覆把機械悲催

發條般存在著
對他們來說
大條或是小條都無所謂
反正可以上
（夠緊）就好了

時鐘的動力來源
刻苦無關跳海的壯烈
與燒炭時的靜寂
耐勞於白目和擺爛之中
不得不反覆把機械悲催

發條鳥遠方還懶叫著
發條橘子已沿途滾落
發抖的秋條的迴旋

盤踞於天頂
屏息等待
縱使暴雨的眼神
將再次截斷長長的雷電

發條般存在著
對他們來說
咻咻咻的扭力彈簧
永不鬆垮
能量耗竭時
便又想起那夜，最初
不知道誰說的：
(是不是你說的？)
「我愛你。」

很鳥者：穿過吊嘎，鳥翅般

一次猝然迸碎的尖唳，一種
太空漂逐的吻，彷彿數年前寫的
詩句，已全部石沉大海……衰弱的
風景便如此
駛向地獄

青春與小鳥，還在迷霧中
對看，所有睇著眼淋漓的豪雨，天晴後
金屬一樣堅定。我仍願為你報銷自己
(就算發一輩子的廢文)
完成那首詩……

太陽般赤裸的胸膛
瀑布般下流的汗滴
穿過吊嘎，鳥翅般

鍛鍊的闊背肌
光陰似箭或許終將墜毀
有什麼飛馳決絕
不可辜負——
只要有一根羽毛，活著
那隻鳥就從未死去

夢遊者：關於星空的盜伐

關於星空的盜伐
炭火終究被人家整碗捧走
拳頭已經硬了
卻不能比夢更硬
比愛更硬
走上街頭
便不需要在意你了

於斷代的破口
刀下
人海茫茫
目睹一場場天裂
噴得到處都是汗顏
不知現在是否
就是谷底

不想承認我們的顛峰
真的好低
必須走上街頭
不用再費神抵禦你

以中指戳夜色
拈煙屁股燙月疤
孤獨且好鬥的青春
任憑飛散為迷霧
毛茸茸的胸膛
依舊遮住黎明
每當十面淚水又於臉頰埋伏——
唯有不斷走上街頭
以為已經忘記你

逆旅者：持續保育著幻想

感覺視窗外流過一些液體
少年時代便結束了

作為象徵的
微醺的觸鬚
進入曠野的帳棚
持續保育著幻想
與犄角之垂直

人生最吉光的片羽
往往心裡有鬼
自己的冤魂
自己超渡——
海濱的回憶
是風浪砌成的

黃昏時分
電動推刀
勇敢迴旋的
最後修飾
整座星空
漸漸與眼神平行

對夢來說
它釀的酒還如此年輕
淚流滿面就成了海面

曾經能夠張揚
卻如浪花間的飛鳥
默默羞赧的事跡……
遠方有閃光

以海豚輕輕躍過
不及跟上
遊覽車的人
將永遠留在原地

受死者：不知道死的是誰

一個人躺在文明角落
等待死神
派遣祂的禿鷹
前來盤旋——

不知道死的是誰
明明感覺有人死了

無論天晴落雨
魘寐中是這樣簡單的場景
這裡的昏昏欲睡
帶著血腥氣

那是生之貧窘
被迫著高空彈跳

多少次了
像從河底撈起來
其實是想燒炭的人

回想一株臥草
以及它
跑遍高山原野的夢

僅僅是這樣了
胸口微裂
航向茫茫霧色

彷彿咽喉仍有血絲
時間縫隙，露出獠牙
親手掩埋的

自己的棺木
又要掀開——

不知道死的是誰
確實感覺有人死了

並沒有斷指或骷髏頭
連淤傷都算不上
一日又被終結的時刻
忍住不哭
是最安靜的孤墳

休眠者：一條意味深長的小徑

是嚴冬
開始屠城的日子
連一小滴滲入後頸的雨點
也成了屠刀
漫天氣球空飄遠
幾根深情的橄欖枝
被放過各種不解釋的鴿子
於是天就黑了
騰起的星空
躲匿著全宇宙最空虛寂寞
覺得冷的魂靈
任何一條意味深長的小徑
都想拿來鑽木取火
縱沒有遠航員的胸襟
也無自殺武士的腹肌

風尖處
總有人
自以為純喀什米爾
羊毛圍巾
將世界偷偷裹緊
如果真是愛情
就會知道

未亡者：把詩寫得夠好了

1

整理自己詩作
彷彿窺視亡靈

然則地獄底層
繼續派人
來索詩

2

希望詩神輕煙離去時
被回收的金斧銀斧
那月光下消散的二三頭肌
我都是清楚知道的……

就像是我死了
也不願不明不白
不要多年後灰燼裡仍是
痛苦扭曲的臉

3

死
真是世界上
最容易的事情
但若要把詩寫得夠好了
才可以
死
就是最困難的

初老者：
卑微地活著

偶爾洗好澡
也會暫不想穿衣服
靜靜躺著
彷彿剛來這個星球
最初的模樣

按時打電話給父母說沒事
有些事情淡淡難以解釋
(在前人濃稠的庇蔭下
我們都是不肖子孫)
知道彼此都沒事
已經是最好的事了

所謂年少痴狂
(不是說無人應該

乖乖走進夜色?）
練成了驚世絕技之後
也就這樣
卑微地活著

卻總有一道
最隱私的疤痕
曾經想像
如果不是
與這樣的靈魂
共度晨昏……

壯遊者：噴火龍般對望

暑期最後殘餘
少年鮮豔的質地
天色晚了有點涼意
（連比中指都很可愛的青春遠去了
連罵幹都很帥的年代也湮滅了）
懷念黃昏的古銅胸膛
懷念每日晨光的溫豆漿

想當初
烈火熊熊
未嘗不是一個正派經營之人
大翅鯨般緩緩迴旋
使夜有所夢
撥開鬍鬚
內心廣場一片光明坦克

信步走在教堂路上
怯生生靠近天使
不讓那些淚水靠近
偶爾高舉雙臂
伸伸懶腰，彷彿也
向至高處尋找和諧……

然而對一名宅男來說
每次終於決定
從電腦前
起身去上廁所
就是一次偉大的壯遊了
（好吧其實只是個
小本經營的人）

偶爾也憶起當年
最後的油門
踩下之後
唉呀
一生總有
黯傷失聯
但好想合唱的臉
有人是天菜
有人卻是天然呆
才明白
這世界太厚而對我們太薄
（你摸了他他不一定要摸你）

冷得城府很深的節慶
某些陽光的

大好牧場
水光接天，橫槊賦詩
噴火龍般對望
羔羊似的躺在床上
動不動
露出胳肢窩
人生便這樣一瞬，羞怯
（連比中指都很可愛的青春遠去了
連罵幹都很帥的年代也湮滅了）

暑期最後殘餘
少年鮮豔的質地
有人是天菜
有人卻只是天然呆
（哈哈哈你看看你）

懷念黃昏的古銅胸膛
懷念每日晨光的溫豆漿
才明白
世界太薄
而其實已對我們太厚
幾十寒暑之不堪壯遊
濃縮而成的小小宅男
不需要任何幸福
來拯救

迫降者：
值得一次擁抱

是誰曾花一樣
羞在花前
月一樣閉在月下

人生迫降之時
是誰仍覺得我
值得一次擁抱

風縱使好心
再把我吹回從前
發現你們全不在了

每個黃金時代
也都有他們的

黃金救援時間
一旦會錯意
就是漫漫的
萬古長夜

犯禁

（並非肌肉可以衡量）

今夜
猛烈濃密
今夜
又回到了最初的感覺
今夜
蒸氣與油光
今夜
刀俎或魚肉
今夜
你是哪根
（蔥）？

今夜
我要大吃一頓
今夜讓我寫完
全部的詩
今夜的革命
大家都是一樣地
瞬間即逝
就在今夜使一切
激動落淚
捨棄自己
變成彼此夢中的
那根
（　）

記仇

——為所有年少的恨事而作

熱氣孵化地面的垃圾
車窗外有大舉逃亡的夢
一種無可玷污的意志
正學習如何順利醒來
變成一個殺手……

每日 100 次伏地挺身
200 次滲血的詩
每一吋肌肉的魔幻，都要越來越寫實
「你在和我說話嗎？」
其實我們沒有表面看來，那麼和諧……

深埋在自己的胸廓之間
一群戰慄的狙擊者
寂寞是永遠射不出的子彈
年紀輕輕，便獨有了仇恨……

一些粗糙的戰火，將臉孔漸漸磨損
無數青春啊無數的我
獻祭於霸凌無盡之帝國傳說
向下淪亡時最後一次悲壯凝視：
墜毀之前，被迫以重力加速的憤怒
死命掐住諸神的咽喉……

鬆餅男孩

在最裡面的房間
顛覆你的杯具
滿溢幾種笑場時分

午後常有個幻覺：
你便是那個幻覺
迷迭且慵懶
烘焙著一切不可烘焙的

天天在鏡前
堅持原味
泳褲曬痕的孤寂中
追逐盔甲一樣的肌理

心底的果醬
風和日麗
你的餅其實很鬆
很多夢
總是奶昔般融化

只為
有朝一刻緊緊
被愛的唇舌抱擁
廢墟般
長期獨自反光的
什麼因此
慢慢癒合了

還有……嗯對
誰說此生沒有
遠大理想——

淋上蜂蜜
就是一輩子

他不參加詩歌節

（賴比瑞亞葬禮上的雲朵，澳洲多處森林大火
信眾們趕著日出前到恆河浸浴冥想）
他不參加詩歌節
他不願讓他的人（龍捲風吹襲倖存者，
意外誕生於馬桶裡的嬰兒被拯救）
代替他的詩出席
他不朗誦他的詩
他不覺得他的喉嚨更有資格
代表（示威群眾向防暴警察投擲燃燒彈）
他的詩發聲
（被厚冰完全覆蓋的汽車，
滿月正高掛里約熱內盧基督像身後）

他不解釋他的詩
（一頭大象被火車撞倒
一隻小海豹逃過鯊魚的血盆大口）
他不想使你以為他比你更懂他的詩——
除了詩，他也曬棉被，拉屎
和惡人幹架……
（一名巴勒斯坦女孩坐在變成廢墟的家中
默默進食）
他不需要假裝他跟你
有什麼不同

天鵝之歌

觀賞到此處
戲劇與舞蹈都停止
年輕的你們
應該已經猜到
那麼你們
也就忽然老了

凝視時間之湖底
自己的螢幕
羽翼豐滿的泥沼
高樓和斷崖消失於身後
我們都在努力拯救一個
遠方不知道誰的死

鼻涕與淚水如鮭魚逆流而上的我們
澤畔最青春的聲線，喉嚨的
小巨岩，曾經汲取無數吻別的
傷殘之肺葉
劇烈咳出一陣冷霧
也都注定被遠方
不知道誰的死
所彈響——

那首歌
千迴百轉，衝出額頭共鳴
直奔雲端

帶走了
最高音

全城夜烤

某些強權持續在遠方
擴張烽火的日子。不知道未來
怎樣翻轉（感覺世界，詩意並無變化）
我們憂患的烤肉架
屏息著：風暴將至。他們最肥沃的
笑容，則依舊滋滋作響——有時憤怒
是這樣雖然
一切彷彿被搞得很燙，其實並沒有熟
（周遭的醬汁多麼想仰天長嘯）
月亮是幽暗凝望之中
一隻暫歇的渡禽，不堪於焚灼
光色逐漸剝落——
恍神的最後，如此孤島生活

華麗無端的刀俎
靜默之尖喉
（被誤以為，並沒有和任何人
患難與共過……）
整個夜晚的魚肉，煙霧瀰漫
終究燒紅，一種悼亡的眼神

法海

任憑袈裟蔓延
浪濤侵入罅隙
冗長的經文
也使僧侶們心生恐懼

法海灰灰
禿而不漏
唯一的困擾就是
說好的許仙
還沒有出現

每次坐捷運都胡思亂想
白蛇吐信青蛇繚繞

必須趕快打開詩集
像是打坐
入定

奈何夜夜的峰塔
都有雷

水手概念

戰艇結實
誤闖浪人胸懷

太平洋到處
暗示之眼神
桅杆聳立，海景充血
撩亂甲板

約好一起賞鯨
風帆撐大了
什麼鳥都有

確認彼此暗礁
一探傳說中的海馬和海溝
病情動盪

瞬間成為海嘯

惟某些脆弱
是迷霧，是沉船
是無法與他們分享的
汽笛聲……

一條灰茫茫的天際線
你我的斯芬克斯
被以永恆的
黃金比例
切割

多年的水母漂啊
多麼需要一個
父兄的擁抱

年獸

歲歲年年失之不可復得的
我們的狩獵又到此結束了
四海昇平你何不熊抱我
國泰民安你何不品吻我
春滿乾坤萬物噴湧
為了痴等你興旺內心的牲畜
衣冠楚楚可憐守歲到青春陣亡
從這一年蹀躞至另一年
風調雨順你怎在我窗前翻滾
萬事如意你怎在我夢中嚎叫？
花開富貴相互吞併
金玉滿堂集體崩盤
靜凝過龍之山寺，煙消於行之天宮

親友們團團圍住的陣仗
把我的獸性鎮壓著
不能承受的祝賀
無法抵擋的恭喜
你曾來過，又悄悄離去了

永無止境的秋葵

今夜又在吃秋葵了
最近因為特別沮喪
所以吃了很多秋葵
感覺自己就是秋葵
一截截毛茸茸的斷指
依然乖順虛寒
讓你厭惡
於餐桌上孤伶伶一角
比海葵更遙遠
連葵瓜子都不如
想起你吃秋葵反胃的往事
終究不是你的菜
注定了我們的分離

今夜又在吃秋葵了
受傷後很快就黑掉了
(雖然你說過你最美的時刻
就是被我寫詩告白的時刻)
此後一輩子我的沮喪
既粗且濃
我的秋葵
又能怎樣呢
為了愛你
把自己卑微橫切
宛如一顆一顆小星星
雖無燦爛閃光
也難掩
雲夢透明的黏液
大澤為你隨時湧現……

今夜又在吃秋葵了
永無止境的秋葵。

颱風天的早晨

多年的情感
一夜通通被風吹去
芥蒂形成，歌聲消隱
連颱風自己都想
繞過災區
吃早餐

遍尋不著的子彈與內褲
無止境的
傷口
七點鐘方向
噴泉
好弱
不敢去戳它

浮夢與爛片
最後都對人生疲倦
面容朝下
任憑漂浮
於暴漲的水庫之上

暗沉建築與歪斜枝幹
掠過燭火
在颱風眼
翅膀從天使們的闊背肌
斷裂
暗湧著的哀傷
皆滿出來了

有人的吻像一隻魚翻著白肚
晨光稀微

（你我之間
一百年
也沒有人會理解的海嘯）

土石流
安靜得熠熠生輝

傾倒窗外所有的雨聲

你來了
你總是令人期待
像是這個夜晚的雨聲
我是喜歡聽的
那種安眠的雨聲
響著夢被縱放進來的音效
讓所有感的噴泉與牛奶
每一次小浪仍那麼新鮮
這雨多麼像你
突突然地威了
如鯨腔裡的小木偶
不斷挺脹紅鼻
不知哪一天

將忽忽然地萎了的
我的人生真相
因為你的雨聲
而幻想
而茁壯
而擋不住這些暗礁似的夜
設若用一輩子的幽微渡口
深藏之雨
百年後
終被挖掘出來
人們一定聽明白了
那種激流似的夢的聲音
是接近真愛的
每個夜晚
是無數鉅著，詩篇或色片的

一次片羽復一種吉光
這樣帶著奴性
又勾引著帝王似的輝煌
穿越無數險峰與冥谷
傾倒窗外所有的雨聲
卻又永不弄濕
為了掩映
某個重點部位

吊嘎感覺

一分鐘前我不是什麼
一天之後我其實是什麼
一年之後我又能如何

我終究變成你的吊嘎
為了攀附你而存在

你最快樂的事情就是
把我脫下
（不管是你自己還是別人動手）
隨意丟棄在世界一角

晴空俯視過
夜鳥飛過
那些汗臭與髒污
只暗示了我自己的衰老

你依然年輕有梗
一花不可收拾
沿途對所有路人犯規

掩映著幽微的
肌肉與毛髮
不肯對方獨佔你的赤裸
是我最頑強的抵禦

雖然
你正與那個誰誰誰
緊緊抱擁成萬丈深淵的時候
夾泥沙以俱下
我也曾趁勢偷偷
親吻了
另一件吊嘎

風颱天致父兄

——「泛彼柏舟，亦泛其流。耿耿不寐，如有隱憂。」

做大水彼一暝　所有的飄浪一起靠岸
我同夢中其他男子長出了髮鬚
夜夜抽長的檜木林深入雲端
我們共用一個風颱　目屎像落雨
昔日港邊的船隻　一一被打醒
衫褲淡糊糊　加添心稀微
啊　你們創造對流強勁的慾望　卻未嘗賜予庇蔭

天星粒粒明　行到寂靜的深更
討好不了任何人
山路突然變成懸崖　運命親像斷線風吹
向大海致敬的胸肌遠去了　花謝落土不再回
繁華攏是夢　不然要幹嘛

天色漸漸光　不然要幹嘛
這便是人生的難題嗎　可以用詩抵抗嗎

獨以暴風雨為背景　縮住翅膀
到如今孤鳥猶原是這呢寂寞
荒涼街道深處　透暝無睏的月娘
扶不起哪些酒醉的行船人
硬頸的島嶼　不可觸的背骨
父兄啊誰來撤下你們的盔甲和斗篷

風眼依依不捨　再看自己一次
歲月無限多個深谷已經過去
生者的驚駭中　憂鬱由花崗岩切割而成
我們的無頭戰駒啊我們不得不泛舟的氣概
甘是男性傷心傷心的所在

偽田園詩

1

把車暫停於樹下
假裝是一位田園詩人
蜂蝶飛過來
陪我一起
感受時代的風涼
那隻變色龍依然認真地
絲毫不為所動
儘管全世界早就看穿了他

2

假裝已經是別人的爺爺
大家都上街遊行了
坐在這裡
不管什麼都忍受下去
如同見到家人
那些深山裡的蚊子圍繞著我
我用力揮揮手
他們以為是真情流露
瘋狂地撲了上來

3

在還不知道對方的時候
不小心踩了一下
喔喔
蹲下來仔細看
只要那種開關啟動了
所假裝的綠豆
無論芝麻多麼小
就算是輕輕觸動了根寒毛
所有的龜毛
都會有共鳴的
因為這就是愛台灣

4

所有的蛇都跑出來
我的也跑出來
他的也露出來
被陽光偷摸一下
孤獨與寂寞依然完整
看起來好耀眼
好像我們會在那種美麗的舌信中死去
但繼續微笑著
假裝是一隻睡懶覺之貓
就好了

密雲感覺

是那種盯著服務生
直到他誤以為我
有什麼需要
遂趕緊望向別處——
然後又轉回來
偷看的午後

儘管並未接觸
已然有了感覺
想和一個城市發生關係
就要企圖逛進它
眼神的小巷弄

沒人知道的時刻
某種大力金剛
曾經
穿過胸膛
攥緊了心臟……

遺夢般
靈異，潮濕的氣味
我的整座空城
遂如暴雨
按摩過一般鬆軟

哀悼蟲豸

1

朝陽初昇
情慾最盛之時
那純潔不可忽視微微發亮
突然聚集
於窗外像是我們原本充滿意義的
愛情
生命是種恐怖主義
當你全心全意飛向我
我竟然隨隨便便
打死了你

2

無論迷霧裡是否大雄寶殿
亂撞之處是否小鹿犄角
你是那首耿耿於懷想要
吸取我魂魄的情詩
一滴血彷彿也有幸福形狀
欲以生生世世之短促
嗡嗡飛過
萬古長夜
然而黑暗裡輪迴的掌法
卻一再失手
將我們擊斃

3

不知為何還不睡
希望你記得今晚
翅膀拍動聲音的幻覺
是我毛茸茸一團夢境
翻身越嶺
為你脫去盔甲，掩住刺青
到鳥的遠方去
到心的遠方去
到達最遠最遠
一瞬之間
也能完全地安靜
是誰不顧這神秘，照樣打下去

4

晴光瀲灩的我們
明明是純潔的
任何吸吮
應該宛如蝴蝶採蜜
莎樂美
一般看著那顆蘋果
然後狂吻
靈感之巔——
是我們為了創作自己的不朽
朝彼此最脆弱之處
開天闢地

少女

（疏通著全宇宙的邪惡）

於我最美麗的燒杯
誰的晴空心碎
誰見到此刻的滴定
讓他們相互氧化
（但不可互潑硫酸銅）
……

有些鹽柱卻依舊羅列
如沉靜詩行
乍看毫無預警
一回望便
誘惑了永恆

少女時代

又一年消失了
終究差一點
詩沒有寫成
「好丟臉喔」「真的好害羞喔」
進入了無限迴圈⋯⋯

忍乳負重
不讓別人羞乳⋯⋯沒有時間感傷
在煙花倒數前
一定要見你一面⋯⋯

接下來的夢
是嫣然幻化

回到少女時代
偷偷在西裝堅挺的政客
與拉鍊頹廢的小說家之間
嗶嗶嗶
抿著嘴
劃掉
打過的勾勾：

舊時代的最後假象——
革命
在獨角獸旅館
流淚如馬桶：

時間是無所不在的港灣
天窗即將打開

入夜的明樊
靜坐在自己的淪落上
幻來生命的清澈見底⋯

萬一不小心觸鍵
一切又重來一次
萬一擁有少女心的
都不是少女

冰河少女

從冰河時期
開始寫作的嚴寒少女
靜聽著遠方
冰塊崩裂的聲音

每天萬噸詩意
折射不同角度的晶瑩
洶湧流過
注定滅絕的日常

少女抵抗著媚俗的
暖化效應
動用夢，動用企鵝與極光

動用各地的寒流與凍瘡
真正在意的是
保持聯繫

當在遙遠的某個地方
又有讀者因思念他而淚水結冰
少女便又喚醒一次
看不見的猛瑪象群
於自己小小的房間裡

重口味少女

淡淡
瑟縮於葉尖的
自重少女
在洞裡
隨電腦螢幕暗去
一日又將凋零

每天少女獨特的花朵
只在重口味中盛開
每一次呵呵
都逼使
疑雲密佈的生活
綻開一小裂隙

若問及過去
每一程重巒疊嶂的冒險
連自己都覺得
有被微微醺到
每一回低頭嘆息
那些來不及遮罩的部分
也都是草蛇灰線
氤氳千里

是這樣的
重於森林泰山
重於尼斯湖水怪
少女不得不
隆重的口味

只能日夜輕輕
柔柔的
等誰自投
前來一吻

非生日少女

1

感謝
自動祝賀的
電子郵件們
同樣感謝那些
再也不曾記得
我生日的人

2

晨光熠熠中
輕吻著自己
像一個羞赧的禮物
「老天待我不薄」
「難怪你臉皮那麼厚……」

3

一生之中，彈丸戰場
總有幾件大汗淋漓的盔甲
幾顆遠方蕈狀雲般
受傷的拳頭……
緘默
每天都在毀滅這世界

4

峰路迴轉雲霧漸深了
這雪地凍傷的北極熊的笑話
大概沒有一根火柴
肯犧牲自己
與我相互摩擦了

5

眼看珍珠敗壞淺灘
被大海奪回光澤
一位受磔刑的異教徒
如此虛弱
沒有詩句
前來搭訕

6

啊
如遠方一隻紙袋
冒雨的
一千萬種想法
不斷飛翔
卻是不帶著任何期望的

7

毛髮泉湧，臟器透明
放下鏽箭與斷弓
直通深夜銀河的作夢小徑
我知道我可以選擇
再誕生一次。

倦懶少女

擁爐倦懶
不在話下
豈不煩膩
不知哭得怎樣
一個轟烈烈的故事
幾行結束
醉魂酥骨
跟他不上呢
疼顧我些吧
又罵呢，再不敢了
今日且看看去
以為很有一點什麼的
才知原本就是應有盡有

有我呢，都有我呢
保管他各自散了
再念與我聽聽
這才是呢
太盡興了
一個轟烈烈的故事
只怕如今都好了

刺青少女

差點崩潰的時刻
像是琥珀
突然被永遠定格
變成了少女的刺青
刺在一處
不復見的結界
那是
峻嶺上的松針
越刺越縹緲越稀薄
那是
岩層底的金脈
幽暗中兀自綿延不絕
那也是
水鳥

滲下一滴透澈的淚
與混濁的河水道別
因愛美而體無
完膚
徒留血跡
穿越密林和荒野
濃霧中離去
身上有精靈和螢火蟲的聚集
那種刺青
本不在詩歌和地圖之中
微神似的傷口
疏通著全宇宙的邪惡
純淨，富有
無人理解
僅是街頭匆匆一瞥

路倒少女

像一幅浮世繪
躺在那裡

未嘗不想浮誇或浮躁
浮濫或浮華
亂夢一堆之後
終於浮不起來

無論礁岩的疤痕
擱淺的體溫
只要無人發現
少女的存在
就是一首沒有讀者的詩

彷彿世上所有人
都拿到了不在場證明
除了少女自己

癡等著誰
用枯枝，撥開眼中那片夜空
這裡的深淵
很多星星

不斷炊的少女

你是一個斷糧
不斷炊的少女
你是空杯的魅影
你是油霧的佔領
搞得到處都是
膨脹的甜點起飛的蛋餅
你在那種鍋頂
戰火的菜色崩壞的廚房你的初吻
讓所有人猝死
夢中的湯汁為誰傾倒
胸膛的瓦斯爐為誰點燃
你就是任何衰朽的果園
都懷念的無限量供應

用蒸籠般的眼神
令魔鬼爆漿替天使突沸
卻不能飽食其終日啊啊啊
你是一個斷糧
不斷炊的少女

頑疾少女

如果那鞋子
長青苔了
便放著
當盆栽吧
縱使血肉模糊了
剩下果皮
仍要繼續
瀰漫香氣
一瞬三擤
吾鼻
發燒咳嗽
於雷電之間
緊抓住神的胸毛不放

編織若夢時
我們都魄散
魂飛過
醒來
貧窮與卑微
又恢復原狀
就在那些
裝純潔和假無辜的地方
極地渦漩似的
永不放棄
侏羅紀前琥珀中的小花束
傾聽著：千萬光年之外
寒風裡的
心跳聲
（總有完全健康的

什麼
藏在層層
病重的後面）
誰觸到那個點啊
將被報以湧泉

核爆少女

「春暖花開，溪河化凍……」
少女人緣很好
因為只跟大家談論天氣

旌旗遮日，兵甲漫天
少女永遠機伶：
啊你說什麼政治？
今天天氣很好耶
啊你說什麼經濟？
寒流已經過去了啦（啾咪）

少女不賣火柴，也不親吻青蛙
情詩亦已不是

夜鶯的歌聲
卻一日一日莫名腫脹
「春暖花開，溪河化凍
曙色中，一萬個擱淺的空保特瓶
海嘯的信念增強了……」

有誰知道
少女每晚都對著鏡子
那核能般
乾淨、環保的微笑
怒舉中指

恍神少女

長期
被恍神保佑
少女忘了
自己
空杯一般
蕩蕩的
每天
醒來
便恍如
隔世
全然透明
些微漣漪
都是蜂蜜

些微反光
都很鋒利
猶如
隨便一恍
潑濺
出來的詩句
每當那些恍惚
自燃
而墜毀的片刻
再次恍然
明白
多年來的星空
也只是個杯具
沒有任何
神蹟

充滿
一直被偷偷
膜拜著的
真的很神
就是少女自己

已哭

（但我們都學會笑了）

坦克壓過之後
每一片草葉都孤單

冰山在深夜裡
任性融化
回到最初一角的感覺
男孩們的眼眶裡都有淚

今夜，又是誰會來晚點名？

黑暗之心中
對彼此的想念
是唯一發光體

每天都在膨脹

每天都在膨脹
好像一直等誰來收割

襯衫不紮，皮帶不扣
為硬撐的內褲
感到難過

生活在絕崖之上
逐漸變禿，肥大
下垂，失禁……

總是擔心哪裡有洞
鎮日在風裡
一種淫蕩的感覺

醺醺的，不一定醉
怦怦的，不一定跳

腳底卡著砂礫
忍了一千次
才哭出聲

壓抑我的
不是那些暗礁

天空的胸膛似乎
還用雲掩飾得好好的

以為有什麼，更
澎湃要來
其實一切都結束了

這樣斷代

我很沒天良地笑了
你很有正義感地哭了
有人就知道該怎麼做了
而他們是等不到了

他不再說他的信仰了
你怎麼也不能愛了
我們是用盡一輩子
也抵不過別人一晚的了

火蛇環繞之沉睡者
夢變得好小好髒
神情哀戚遇見

夜冷霜重的彼此
大家都無從選擇了

暴雨前的數根青筋
撐住整座街頭的遊行
撂倒我們的人，卻動搖不了的
心：那被以為不復存在的
深淵巨物——

我們都沒有
再可以辜負了

有疾

鬼祟下午，平靜廁所，悲情流水聲
一切都變得難以想像
我那有著夢幻體態的愛人
竟然長了痔瘡

當然我也必須愛他的痔瘡
這件事情註定如此
沒得商量

我們手牽手
來到了醫生面前
訴說泣血之馬桶
多麼壯烈的青春意外：

「你願意永遠保護他
也保護他的痔瘡嗎？」
「你願意給他以及
他的痔瘡
一輩子幸福嗎？」

事已至此
我是愛他的
況且我也已經致富
當初不也就是他童叟無欺
聽懂了我的鼾聲雷動
親吻了我深坑之口臭
決意共枕一雙
一生不變其氣節的香港腳？

飛來飛去的愛神
下好離手，就是一輩子
(不管西門町小弟弟或者織女座大星雲的旅行
都是一樣)
這件事情註定如此
沒得商量

呵呵

生平沒什麼才華
大風大浪間渾然無事
微微的哀感來襲
鮪魚肚忽然隆起
我們只好呵呵

幸福就是呆坐沙發上
與影集對看
冒著甜美氣息
感受彼此發出的罐頭笑聲……
我們只求呵呵

花光自己造的貨幣
墮落自己彩繪的旗
神主或邪祟皆一樣頗呵
所謂意味不明之人生
越來越想哭的時候
衛生紙紛紛黏稠地死去
誰不是呢（覺得安慰）
儘管你我只能呵呵

當詩歌已經無法給予庇護
爛到杯具呵
衰到發爐呵
以及鏡中一種不能抵擋的眼神
便再度破折老去呵——

據說都是為了配得上
這個偉大時代啊
呵呵，只要我們呵呵

弱小之作

1

那個夏天的記憶
巨幅油畫裡
最後一個下午
風非常大
各色衝浪板
往一座霧島衝去

獨你
深陷寒流底
不合時宜
著一件
斷袖
薄衫

孤僻青少年
倚坐在旋轉木馬上
任憑多年長夢
繞成謎團
盔甲和劍
斑駁著……

所謂路過的王子
雄偉的讚……
你本是神
挨近薄暮的
弱小之作

2

那充血的眼睛
是最後的軍隊
那真正龐然的國度
也都夢想過
一個真正的人……

以非常幽微的顫音
包裹身體
(挨近薄暮
弱小之作)
想確認
心的存在——
因為那就是全世界
那就是最強大的王座……

「但這種事情
不會稍縱即逝嗎？」

凍雨灑窗
連死神之眼
亦有眼神死的時候——

「如果是真愛
就不會。」

已哭（無淚）

忙著健身的時代
國家卻更弱了
（拖著行李
不敢回頭看
許多先行者
匍匐過的
坎坷路）
而「國家」——
這古老的概念
則更弱

去精神病院拜訪
崩潰者

趁還沒被逼瘋之前
到加護病房探望
衰竭者
在還沒被氣切之前——
你累了嗎
整座島嶼的倦意
跟千百萬人的
疲於奔命
真的無淚了

每日默默
被修理
好像什麼
都該修理
都壞掉了

一切都壞透了——
凹凸不平的內心啊
（路邊一陣
突然箭起的酸風
偷偷射眼）
遠方又有
不知道的誰
在替我們跌倒了

哀縫

日夜
如斑
馬紋
連線
偶然穿梭
網路
間隙
驚起
二三顆
低頭
愛否？恨否？
茫然滑過

不知
所措
只能沿著
星光
游標
宇宙螢幕的
裂縫
繼續
耗盡
電源
玩 game

雨刷

小時候
看父親開車
雨勢變大之前
父親從不輕易
使用雨刷
我們一起盯著擋風玻璃
雨點越積越毛
幾次險險以為
雨刷就要啟動了
天地混沌，前途模糊
彷彿世界已經不行了
父親還是很有耐心
不急，別輕易動用武器

矜住一種曖昧的況味——
寫詩或讀詩時
我總想起父親的教誨

一生

起飛後
機長說話了
他的聲音年輕且憨厚
卻猶如神諭
宣布著
你我未來的命運

我們確實歷練了一些夢境
醒來身旁
消失的旅行者
其實只是乍然
移到遠方
更好的座位

漫長的航行，憑窗悄悄
稱王的午後
深情凝視自己的臉
宛如菩薩的雲朵
卻不飄臨

苦行者為什麼苦，厲鬼為什麼厲？
曾經毛髮很暖皮膚很好
胸膛很厚……獨斷天真的盲目確信
彷彿大鵬鳥那樣盤旋地
接近
一個偉大帝國的心臟
發生於晝夜交易的朦朧時段
一生懸命那盞小燈

卻突然幻滅
（繞道手術與極地之旅全然相同）
不得不學會，溫馨地
欣賞恐怖片——

啊啊，一陣此起彼落的尖唳
刀在咽喉
（那些亂流的迴響
「僅是感傷特價，自卑免稅時
難以避免的破漏……）
田園詩一般
美麗的廢墟裡
被發明的黑盒子：幻想
糾結著——
最後怎樣的骨灰
比較閃亮耀眼？

無限繞圈之後
淚水與汗水沖刷出的嶙峋
於降落前
（暗示的咳嗽聲均被輕輕忽略）
我們都按捺
不住想成為那個
偷偷啟動手機訊號
解開安全帶
最先拿到行李的人

然後用一生的失憶
默默掩飾著
自己感到無聊
但外人皆以為很有趣的旅程

深秋的漿糊

深秋的神思
漿糊的意態
拉肚子也成樂趣

曾經蜜餞過的窗
花枝過的夢
諸神也只是短暫
時代的風沙
吹成的一坨形狀

當詩不再是詩
他就變成了

那斜雨的一截
隔夜茶
敗壞，酸臭

滿眼盡是秋風的剃刀
再帥再美的誰
難免有鼻毛
不小心
竄出的此刻……

小人也可能
帶來核彈般的感動
因為不斷悲催
而有了靈魂

忽然覺得自己是被祝福的
爆炸也幾乎
在同一瞬間

遠方盔甲般的同類
鬆餅似的氣味
問你敢不敢
塗抹果醬
親吻他

冰檸檬水那樣稀微
折射的末日
已經來過了
也沒有任何人發現。

多年後
走在春日的網路上

又遇見你丟來水球
即使看不見彼此被時間磨損的樣子
仍能感到那殺傷力
但我已經變得透明了
可以穿過你的刀鋒和重擊了
也許改變的是你——
當初畫這畫，寫下這詩的那人
如遙遠的一陣霧氣，依然美麗，令人迷惑
但確然已經消散了

意外的花

寒日的一種
不慍不火
熟睡小鳥之徹底

穿過了雪中風衣
抵達另一胸襟
懷想著
打赤膊那一晚

每個人都有
不為人知的寶藏
螢火蟲似的
閃爍透光
入夜後

就被自己的良心
發現：

意外的花
開了
竟帶來傷悲
（不是你
想要的那朵）

這花卻依然
如此血豔
什麼都不知情
痴痴為你盛放

像是世界上
最美麗的一朵

B計畫

他忙碌但他不知道
夢能夠擁有什麼領土
他希望自己的詩可以
屬於美的國度
（儘管接近目的地
景色越荒蕪）

每一天都是最後一天
每一夢都是最後一場
雷雨中
生活平實而具體的火苗
一簇簇跳動
他每寫兩句

就被迫刪掉一段
他的帳號又被盜了
他很忙碌但他沒有B
計畫

他很忙碌因為
這世間如此繁盛
(別過度摘採)
刮完鬍子後
對著鏡子發呆
每天早晨都到那裡祭拜
顛沛流離去了很遠的地方……
知道最後
也不是
一定要留下形狀

他啊何嘗不想即時打出
一種果汁
偷換流年
清涼無憾
日日堆杯換盞
那個願意跟他一起
枯坐千年的伙伴
誰說他不是努力追尋？

他很忙碌
他沒有認輸
被螢幕和按鈕包圍
（縱使每一日
太陽與月亮

最後都注定盲目）
他仍然記得
所有的夢中抽筋——
不美好嗎？
就算一點都不美
好吧
但他自欺：
這裡原可以是愛的國度

少子化

「你真的覺得今年
已經到谷底了嗎？
明年又會怎樣？」

「為何有一種每年
都到了谷底的感覺
總之真是太可怕惹……」

老人們還未及說完
便紛紛從博愛座站起來
他們必須讓位
給更老的人

小強

1

那夜把小強逼到牆角
突然他轉身
以一種地球上
最古老生物之威嚴
直面向我
並沒有求饒的意思

2

我們很快原諒了對方
如此懸疑與囂張，全是愛
我沒踩下去
他也別踏上來——
保持著
彼此都有一顆
純潔的心……
覺得（比遠方虛假的停火協定）善良

3

至於翻開
我的詩集
竟也躲藏著一隻小強的事情
我已不想再提
文青們花容失色……

4

一路共爬的人啊
誰說勇敢就可以
露出全部的觸鬚與汁液
蟑螂大得出奇的夜
到處是擅長以拖鞋為兵器的讀者
你我也只能是
一隻隻
打不死的小強

絕情谷底

感覺所有
刺青和傷疤
已經安靜下來
能見度更差了

一一按他們讚
然後逐漸回收
紅塵滾滾
血汗淋漓
細碎的折磨

高聳入雲的房價
我們都受困
絕情谷底

（倘若突然
生鮮區流淚
謝謝你明太子）

你應該是有事
跟我一樣
鐵石心腸
藏於最卑微無望的胸口
往日情懷總是
帶有一種娘味……
卻是為了認證
合格的
金剛們的低泣

我應該是有病
跟你一樣
各方起底
不為人知的航線
深夜海上巧遇
若有似無的大翅鯨
那是我們的靈魂
在替彼此噴水

(倘若突然
管制區流淚
謝謝你三太子)

每天醒來
彷彿凶案現場——

惡夢中
累積千年灰塵
還要白頭偕老
真的很恐怖！
但我們都學會笑了

附錄

鯨毛小事

「怎麼辦我肚子越來越大了耶」

「有嗎？這麼多年來都很大啊」

「……」

被生活攻擊得體無完膚時，我會拿出那些寫過的詩，再一次確認自己的夢。

這種事情，就像壽司與塑膠葉吧。乍看之下塑膠葉似乎沒什麼存在感很卑微，大家當然只注意到壽司。但其實壽司一下子就吃完，存在感便沒了。倒是那塑膠葉會繼續困擾著你（到底該如何是好呢總不能吃掉吧）。真正的存在感是會一直困擾著你的喲，並不是那些很舒服很好消化的東西……

一路走來，真的花很久時間，當你回首人生最帥或最美的時候，居然就是耗費在寫那些詩，不免要罵幾句髒話吧……最賤的是，卻又慶幸，好險寫了那些詩。

而蟑螂曾經向我正面飛來，也曾爬到我臉上。我的室友曾是一隻蟑螂，不，我的意思是蟑螂曾經是我的室友，喔不（我真正同居過的室友們，你們知道我不是那個意思（囧））……還悉心養過一隻純白色蟑螂，視之如珍寶安置在玻璃瓶中像觀看神蹟，沒想到那是才剛剛孵化出來的緣故——不多久就變色了，宛若過了十二點鐘魔法失效，我的臉色也大變，立刻將他趕出房間。

覺得很多時刻某些詩意，都是無意間流露出來的最美好。刻意用力寫的，反而造作。所以我特別喜歡留意別人（甚至作者本人）不當一回詩的詩。

又像開車上高速公路時，偶然天外飛來一片晚春初夏之葉，恰好鑲嵌在車子的雨刷上，隨風速震盪搖曳，險象環生，卻堅持陪我一段；直到我抵達終點，又一陣柔風，那葉子如同了卻了一樁心事，忽然離去了——彷彿某天使派來的護身符或者上輩子的戀人一樣的。

往往人生像是夜市一般漆黑，只能把快樂建立在一塊發光的香雞排或臭豆腐上面……總有某些烤箱因為動了真感情而焚燒整座房屋，命運總是始料未及。

老同學見面，往往對彼此說的皆是「我覺得你都沒變耶！」有人或許認為這種說法只是一種心地善良，還是根本眼力真的變差了；然而也可能是我們內心深處關於對方的美好記憶，確實從來都沒有改變過啊。

我們對一首詩或一本詩集的熱愛，從來不需要依賴評論和分析——你並不需要寫評論分析你的戀情，愛就是愛上了，詩是一見鍾情。

PS我們卻（大概）需要評論和分析來「維持」我們對一首詩或一本詩集的熱衷與關懷吧。

記得有一個精神分裂的女孩，非常孤獨，多年來都是他的幻聽在陪伴他鼓勵他。有一天他遇到了醫生，醫生把他的幻聽治好了。那女孩卻哭個不停，逼問醫生說：那個聲音哪裡去了，那個聲音是我唯一的親人啊——從此我就學會了不要隨便醫治別人。

「你在幹嘛，怎麼有空打給我聊天，好浪漫喔」

「我在等垃圾車」

「……」

那些獨特超群的技藝，隨著時間沿途反覆張揚，到最後也許都是為了收斂回歸於平凡，使一切日常靜靜消逝於不再需要張揚，也能自成為獨特超群的感受與存在（雖然別人可能看不出來，但自我感覺十分良好，甚至接近涅槃）……

——然而，還是難免感覺很尷尬的，就是穿得很邋遢去倒垃圾時，遇到以前會讀你的詩的學妹之類的……

心靈鯨湯：

當你感覺已經沒有什麼人關心你的寫作而你還很想繼續寫下去，那或許你就可以真正成為一個作家了。

自以為作家的好處：

當人生遭逢痛苦時，便可以這樣想：無論如何，這是有助於寫作的。

自卑與自傲也造成兩種不同詩觀，前者以為所有的靈感皆是神秘的恩賜，後者以為所有詩句都在自己計畫之中。

臨床上遇過兩種極端的病人，一種把安眠藥當成什麼九花玉露丸一樣，非到最後一刻不肯使用（或當成稀世珍寶贈送給親友）；一種人則是把它們視作喉糖，想到時便來一顆。

有人眼淚成詩，
有人腹瀉成詩。

最脆弱的時刻，最常反覆閱讀的那些詩人，應該就是我們心目中最理想的詩（雖然可能我們經常誤以為自己愛的是別人）。

「你好愛詩……你的生活彷彿只有詩。」

「生活怎麼會只有詩！那是見鬼嗎？應該說我只想跟你談詩，其他的，那是我自己的事情。」

地震時，剛好在病房和護理師討論病情。很想躲到桌子底下，但護理師們都很鎮定，所以我只好裝作很鎮定……沒想到事後他們一直說我很鎮定讓他們不好意思尖叫……原來大家都只想躲到桌底下，所有的鎮定都是誤會一場。

你我之間，必須保留那些縫隙，不然就無法伸縮、掩映了。詩便是生命中的縫隙吧。

我在那年盛夏離開北海道前一晚，於定山溪溫泉旅館露天風呂時，遇到一個俊美的日本青年，他恰巧選擇坐在我身旁。當時天空飄落碎花般的細雨，我們各自頭上頂著小毛巾泡了一陣子後汗水淋漓，那泉水不安地動盪著；煙霧瀰漫之際，他突然主動開口問候，我立刻尷尬地表示不太懂日文，他發覺我是台灣人之後，更熱切地用英語跟我交談起來了……（這像不像一則小說的開頭？）

情色很有用。任何意象，都可以變得色情，不管他原本是多麼莊嚴，此即我們這個時代最神秘的視野（反過來講也是可行）。情色不見得是一種核心（雖然很多人一看到情色就硬把他們無限上綱），而是一種裝飾音，一種 cosplay，因而情色經常能夠幫無聊慘澹的文學（人生）上色。

至於前幾天慢跑時遺落在公園裡的外套，今天已經被穿在一個流浪漢身上，覺得這樣也是很好……

有些詩意忙著把自己要宣揚的主題講清楚說明白，有些詩意根本不知道自己寫的是什麼但仍拼命暗示。

莫名會想起很稚很遠的時候，或許還沒上小學吧，有次深夜跟父親一起窩在床上，他用低沉陰森的口氣，描繪著虎姑婆的故事——記得我嚇到不敢去上廁所，忍耐著睡著了。想到這些年來自己改變好多，但似乎又什麼都沒變，諸多事情還是習慣忍耐著，習慣就這樣被想像中的可怕事物禁錮著……又想到一位朋友在KTV建議不斷調降Key的我，不要老只想唱最安全的音域，他以為這樣的唱法，無法激發內心糾結的情感。他強力主張我一定要把自己逼仄到破音的邊緣——沒有聲嘶力竭，如何打開全部孔洞，露出真面目？

「我好像也有這方面的疾病……」
「你的毛病確實很多耶」
「超多的啊，不然怎麼當醫生（咦）」

很悲慘的便是曾經看過一部電影看到結尾才驚覺原來早就看過了。現在卻想不起來說的到底是哪部電影。然後以上這件事情好像寫過了但也不確定於是又寫出來一次（掩面）。

知道A跟B兩個完全不相愛的人（只差沒相恨而已），居然同時愛上了那首詩，感覺真的好奇妙，感覺他們用這種方式間接地愛了。

偶爾看到某些愛讀詩的網友信誓旦旦擁護某些天菜詩而將某些詩罵成菜渣，我皆樂觀視之為口味不合——我小時候也很討厭茄子和青椒啊，如今卻是我的最愛之一。希望這些愛讀詩的人會持續詩下去，那麼總有一天等到的青菜蘿蔔魂將換換愛也未可知。結論：所有的好詩集都別錯過啊。媽，我現在也可以吃苦瓜了。

問母親節日要什麼禮物，母親害羞地表示：「不用啦，你平安長大就好了。」是說母親果然一直認為我沒長大啊，我只好持續長大，成為母親每一年的禮物。

曾目睹捷運有個大嬸，看到一個大叔站著，立刻急急忙忙站起來讓座，那大叔一臉訝異（我猜他的ＯＳ是：你比我還老吧），還是客氣推辭一番，沒想到那大嬸很堅持，那大叔就心地很善良地坐下了（再猜ＯＳ：好吧我就日行一善假裝我比你老）。

關於偽善：

常常生活就如同喝一碗別人好意替你煮的湯，喝到一半發現了一根頭髮，你也只能默默把頭髮撈出來，繼續喝下去。

每個寫詩者身上皆背負著一大堆標籤：職業，性別，性向，疾病，年紀，詩派……有些是自己貼上的，有些是別人貼上的。我經常徘徊猶豫，怕這些標籤貼太深，變成了刺青，變成了傷疤，影響了一首詩其他可能的純淨的解讀（寫到這裡，好像又快變成一個標籤了，趕快撕下，囧）。

「最尷尬的事情便是對方的口水噴在你的臉上，卻還一直盯著你說話，所以你不好意思擦掉。」

「其實更尷尬的事情是，他還不斷噴過來。」

「……你贏了。」

突然覺得，即將來臨的，全世界正一個城市一個城市沿著經緯線輪流倒數過來的，關於倒數完的那一刻，對某些人來說或許很重要；因為他們可能因此趁亂（被）抱（親）到了此生再也無法抱（親）到的對象，所以那種倒數也許是一種期待人生某種極限經驗到來的興奮前戲……說了半天我並未因此（被）抱過或親過，你有嗎？

所謂作者的才華許是引誘讀者說話，自己和作品才能保持沉默。

從來也不明白何時是詩的全盛時期，但每一個「現在」都確實不是。詩的全盛時期，總是在錯過很多年以後人們才會發現，啊原來當初就是詩的全盛時期……

walk 017
每天都在膨脹

作　　者　鯨向海
責任編輯　林盈志
美術設計　林育鋒
校　　對　呂佳真

出版　大塊文化出版股份有限公司
www.locuspublishing.com
台北市10550南京東路四段25號11樓
讀者服務專線：0800-006689
TEL：(02) 87123898　FAX：(02)87123897
郵撥帳號：18955675
戶名：大塊文化出版股份有限公司
法律顧問：董安丹律師、顧慕堯律師

總經銷　大和書報圖書股份有限公司
地址：新北市新莊區五工五路2號
TEL：(02) 89902588　FAX：(02) 22901658

初版一刷：2018年6月
定價：新台幣320元
ISBN：978-986-213-896-0

國家圖書館出版品預行編目（CIP）資料

每天都在膨脹 / 鯨向海 作． —— 初版． —— 臺北市 ： 大塊文化 , 2018.06
面 ; 公分 . —— （walk ; 17）
ISBN 978-986-213-896-0（平裝）

851.486　　107007414